사과꽃 당신이 올 때

신현림

사과꽃 당신이 올 때

신현림

사과
꽃

The moment apple flower comes to me -Apple's Travel#7, Yesan, Korea
@ Shin HyunRim. Inkjet print. 2019

自序

꽃이 피면 눈시울이 뜨겁다.

온 산과 들의 꽃이 매혹적인 건 죽음을 품어서다.

삶은 죽음이고, 죽음이 삶이며. 죽음은 신의 거울이다. 그렇게 나는 생각하고 살며, 내 삶을 비춰보곤 한다.

예술과 시는 장례에서 왔다. 예술과 시는 죽음에 대한 끝없는 질문과 애도의 흐느낌이다.

정치 역사의 소용돌이 속에서 개인의 꿈과 로맨스, 절망과 고통, 한국인으로 산다는 것 등 내가 나이기 위해 찾아가는 여행. 자연과 한 몸이 되는 과정을 이 시집에서 그려갔다. 서민들의 경제적 궁핍과 삭막해지는 사회분위기에 대한 나의 고뇌 등을 담았다. 그리고 현실감옥에서 벗어나 뜨겁게 울고 싶은 곳이 내게도 절실히 필요했다. 그곳은 사진작가로서 설치작업과 사진을 찍었던 사과밭이었다. 이곳은 비로소 내가 쉴 또 하나의 지구며, 지구의 상징이었다. 사과는 사랑의 상징이며, 물이며, 작은 우주였다. 엄마의 말년부터 시작한 사과작업도 15년이 되었다.

내게 사과꽃 당신이 올 때는 사라진 이들이 올 때며, 사랑하고, 그리운 이들이 올 때다. 역사의 진보는 이름 있는 자들로 기록되지만, 이름 없는 이들의 희생으로 이루어진다. 이 사실을 가슴에 깊이 새기고, 그 희생을 기리고 싶었다. 독립자금을 나르다 잡혀 모진 고문받고 돌아가신 내 외할아버지와 삶과 죽음에서 시작된 3부 "사과꽃 진혼제"에서 다루게 되어 참 기쁘다.

내 반쪽의 가계는 엄마밖에 모른다. 생전에 내가 보고 느낀 엄마와 엄마의 증언이 어릴 때부터 무의식적으로 깊이 쌓여진 거 같다. 한국의 근현대사가 나의 외가와 투사요, 정치가였던 아버지 삶과 깊이 이어져 정치사회적 현실이 내게 늘 무거운 숙제와 고뇌를 주었다. 어찌 작품으로 승화시킬까 늘 꿈꾸고 생각했다. 더불어 오래전부터 사진까지 찍어왔다.

혼자 모든 걸 해나가는 삶이 힘들었으나, 함께 한 가족과 지인들이 있어 힘이 났다. 외롭고 고단한 이들에게 이번 6시집이 뜻깊었으면 한다. 내 가족, 내 조카들, 내 딸 서윤에게 깊이 사랑을 전한다.

2018. 의왕에서 외가댁 평북 선천을 바라보며
신현림

차례

2부 사과밭 로맨스

3부 사과꽃 진혼제

4부 희망 대장경

에필로그
당신이 그려가는 한 장의 이미지

해설

시인의 자료

사과꽃 당신이 올 때

The moment apple flower comes to me -Apple's Travel#7, Yesan, Korea
@ Shin HyunRim. Inkjet print. 2019

사과꽃 당신이 올 때

나는 누군가의
울음이고
노래며
사과꽃이었다

당신이 당신만이 아니듯
나는 사라진 이들이
간절히 보고 싶어 핀 꽃이었다

바람이 불면
후르르르
후르츠 사탕보다
달콤하게 웃는

당신이 보고 싶은 날

사과꽃 피는 날

그리운 당신이 온다
기뻐서
풀은 풀마다 흐느끼고
꽃은 꽃마다 피어나고
못 박는 소리보다 튼튼한
당신 심장소리가
물결 바람결 속에서 들린다
당신 향기가 나고

혼자가 아니라는 기쁨에
나는 떤다

빨간 등불이 열릴 때

쓸쓸한 길, 비탈길 지나
눈부신 들길을 따라
황금사과밭이 출렁거렸지

주렁주렁 열린 사과는
빨간 등불이었네

빨간 등마다 사라진 얼굴들이 비치었다
엄마, 숙이, 외할아버지,
그리고 어제 본사진들
일제때 폭동설로 학살당한 한국인 오천명이
일본군 죽창에 찔려 버려진 조상님들
사진이 눈을 찌르듯이 아프게 어른거렸다

'아'하는 탄식이 물보라처럼 터져나왔다
아무 말도 할 수 없었다

그 아픈 이야기를 모르거나 잊은 채
참 많은 세월이 흘러갔다

가을에 아픈 사람

당신 없이 가을이 온다
당신 없는 가을이
유리창 깨지듯 아프고
손은 미친 듯이 늘어나서
닿을 수 없는 팔은 꼬이고 꼬여서
연기처럼 종소리처럼
그리움은 마냥 퍼져가서

차가운 손이구나 가슴이구나
푸근한 당신 손을 잡고 싶어서
당신 눈 속에 출렁이던
황토길이 보고 싶어서
다 변해도 안 변할
양심 거울인 당신이 있어서

다시
다시 한번

당신이 아니면 안되는 몸으로

당신이 아니면 안되는 몸으로 꿈꾸고 있었지
당신이 아니면 안되는 몸으로 아파하고 흐느꼈지
자꾸 낭떠러지로 기울어져 가는 몸으로
아무리 일해도 살기 힘든 몸은 얇아갔지
하늘마저도 살얼음같이 얇게 흔들릴 때
어두운 길모퉁이에서 나 또한
텅 빈 지갑같이 말라갈 때
당신이 어디선가 흐느낄 때
당신 가슴 속 깊은 목소리를 듣고
사회적 정치적 풍경일 뿐인
나와 당신이 울고 있어도
망치 움켜쥔 이들은 낭떠러지 사람들을 못보지
한 쪽만 보고 다른 쪽을 못 볼 때
많이 알수록 이해심은 막다른 골목같이 좁아질 때

무엇이 우리를 구할 수 있을까
무엇이 우리를 이어줄 수 있을까
무엇이 우리 너머 물과 포도를 나누게 할까

사라져가는 동료로서, 하나의 침묵으로 흘러가는

쓸쓸한 악기, 당신 몸에서 흘러나는 희미한 숨소리
입과 입에서 수선화를 피우려는 애달픈 몸

당신이 아니면 안되는 몸으로 꿈꾸고 있었지
당신이 아니면 안되는 몸으로

깊이 깊이 당신우체통

언제 당신 가슴이 늪이 되었는지요
당신 가슴 속에 푸욱 빠집니다
거대한 갈색 시럽에 빠진 듯
걸음이 옮겨지지 않습니다
저는 가끔씩 다리도 길어지고
팔도 길어집니다
슬프면 더욱 길어지죠
싫은 일과 불편한 사람이 생각날 때
이기는 방법이
좋게 생각하는 거라는
어느 수사님 말씀 다 알지요

친일파와 싸우는 어느 분같이
저는 기운이 팔팔하지 않지만,
제가 겪은 아픔들을 하나씩 녹이려
깊이깊이 당신 우체통 속으로 들어갑니다

먼 길 희미한 등불이
조금씩 달콤하게 가까와지고 있습니다
나무껍질이 말라 떨어져 나가듯

인연이 끊어지는 일과 사람도 다 지리합니다
이미 낡아버린 옛 교과서를 내밀고
힘을 휘두르는 낡아버린 사람이나
자신을 모르는 이나 답 없던
인연들에서 빠져나와 생각되는 건
휴머니즘도, 배려도 없는 이기심만이
가득했던 이들을 위해 기도를 하고
돈이면 양심이나 개념도 없이
줄서는 이들이 싫지만
그래도 그들을 위해
기도를 하고 멀리 풍경을 바라봅니다

나의 괴로움조차 풍경으로 볼 줄 아는 일
우리는 하나의 풍경이미지로 남고 사라집니다
금세 사라질 티슈와 같은 일에 매이지 않고
모두의 축복을 빌며,
사랑하는 자로 살고자
당신 가슴 속으로
제 발을 길게 내딛습니다

사과밭에서 온 불빛

사람을 만나 밥과 술을 마셔도
결국은 지는 사과꽃처럼 흩어지고 헤어진다
매일 죽어가는 건 아이들도 알까

매일 다시 태어나도
고요한 자기 안의 길을 못 찾으면
풀죽은 와이셔츠만 걸어다니고
까만 구두들만 돌아다니네

텅 빈 굴다리를 홀로 건너듯 쓸쓸히
마흔이 되면 나는
죽을 생각을 한 적이 있었지

어디에도 기댈 곳이 없었고
하늘에 구멍은 자꾸 커졌지
태양보다 한숨이 오가는 구멍을 보면서
그저 한심하게 행주처럼 울음을 끌어안고
슬픔을 멈추는 스위치조차 없을 때

사과밭에서 온 불빛들이 나를 흔들어 깨웠어
월말, 연말, 종말이 온다는 한계도 생각 못할 때

여기에 내가 있기에 저기는 갈 수 없고
불빛 하나 둘을 가지면
다른 불빛을 포기해야함을 알았네

애를 가졌고 혼자 키워야 했기에
포기한 일과 포기한 만남이 늘어남을 받아들였어
말하면 가뭇없이 사라지니까 다 말할 수도 없어
이제 상복 입은 나날을 애도하고
시커먼 눈발이 쏟아지도록
아픈 시간 앞에 묵념할 수 있네

나는 천천히 흘러가겠네
괴로워야 할 시간은 충분하고
아파야 할 시간이 허다하고
사랑할 시간이 아직도 많으니

사과꽃 당신을 처음 본 날

보구 또 보구 미소짓는다
피라미드를 볼 때와 같이 미소짓는다
몹시 놀라서
이뻐서
변하지 않게
흰 석고로 뜨고 싶어서
흰 석고가루같이
사과꽃 당신이 내게 쏟아진 날

우리 단단한 석고가 되고 있나요
언제 내 곁에서 빠져 나갔나요

가슴에 종일
비
　　가
　　　　내
　　　　　렸
　　　　　　　어
　　　　　　　　요

멀리 있어도 가까이 느끼네

멀리 있어도 가까이 느끼네
멀리 있어도 가까이 보이네
당신이 나로 살고
나는 당신으로 살고
서로 유리병 속에 갇혀 바라보네

가까이 있어도 머네
가까이 있어도 손이 안닿네
유리병을 입고 다니며
그저 꿈꾸고 흔들리네
그저 슬퍼서 흔들리네

당신이 손을 흔들고 웃으니
다시 가까와지네
나도 손을 흔들고 웃으니
당신을 안고 있는 기쁨이네

기쁨을 세는 법

슬픈 일은 서랍에 넣어두고
기쁜 일을 셀 줄만 안다면
시간을 잃어버리는 일은 없지
밥값 아끼려 배고픔을 참던 슬픔보다
참아서 라면 한 그릇이 더 맛있었고
아무도 나를 부르지 않아 외로웠던 기억보다
아무도 없을 때가 많아 책에 푹 빠질 수 있었지

엘리베이터 없는 층계를 오르내리는 고단함보다
근육이 생겨 튼튼해질 기회라 여기고
좁은 집 좁은 침대서 떨어져
얼굴 상처가 나서 슬펐으나
거울을 안 봐서 시간을 아낄 수 있었다
화장을 잘 안하니 돈도 아낄 수 있었고
발의 뼈 수술로 이쁜 구두에 신경이 안 갔고
내가 멍청하다보니 사기당해 오래도록
낭떠러지를 봤으나 낭떠러지에 선 이에게
기꺼이 내 돈을 나눌 줄 알게 되었다

눈이 나빠져 멀리 보는 힘을 얻었고
반 지하에 산 시절이 있어 태양이 주는 기쁨이
얼마나 황홀한지 알게 되었다
비가 내리고 눈이 내려도
슬픔에 지지 않는 건
허술한 전셋집이라도 젖지 않아서다

슬픔에 젖어 산 청춘의 나날이 많았기에
중년 속의 눈보라를 꽃으로
바꿔보는 지혜가 생겨서
나는 기쁘다
사는 일은 기쁨 세는 법을 배우는 일이다
매 순간 기쁠 수는 없어도
슬픔도 멀리 보는 힘을 주신 신 앞에
무릎 꿇을 수 있어 고맙고
가끔 아주 가끔
빨래처럼 펄럭이며
기뻐하는 날개를 가진
내가
나라서 좋았다

낡아가는 것은 흰색을 닮아간다

절로 마음과 몸이 환해진다
절로 낡아가는 건 하얘진다
한민족이 흰 빛에 애착한 것처럼
모든 낡아가는 것은 흰 빛을 닮아간다
없던 것에서 없던 것으로 돌아가는 빛깔
장엄하게 살다 장엄하게 스러지는
청바지나 한복이나
옷은 오래 살수록
흰 색을 그리워 한다

어떤 어둠도 이기고 마는
흰 색을 당신도 사모한다

'따스하고 멋진 남자'라는 이불 한 벌

고풍스런 유적 앞 장터를 좋아해요.
보스니아에서 산 1만원짜리 화장품은 여태 쓰죠
독일 로덴부르크에서 산 장미꽃차도 여태 마셔요

캔들과 꽃을 사들고 숙소로 가는 길
뉴스를 검색하고 페이스북을 열어봤어요
페이스북이 헛헛하고, 기계란 한계를 느껴도
갈 곳이 없으면 또 뒤적거리겠죠

사랑하려 마음 먹으면 싫은 일도 싫지 않고
옷이 틀어질 만치 의욕이 들끓을 거 같죠
벌써 방이 추워 어떡해요
'따스하고 멋진 남자'라는
이불 한 벌 선물하고 싶어요
오케이, 모든 솔로 여성들이여
여기 괜찮은 남자,를 받아주세요

그래도 우리는 사랑을 꿈꾸고,
사랑을 주는 사람은 사랑의 세계에 삽니다

사랑 담는 여행

어느 날
이토록 세상이 아름다울 수가 없었다
해와 바람 속에서
나무의 존재에 감사하며
나는 제사장처럼
풍요를 기원하며 춤을 추었다
맨몸, 맨발로 땅을 밟고…

무거운 옷과 구두와 양말을 벗어 두고
나와 딸은 부드럽게 너울거렸다
어깨에 날개가 달린 듯이
몸이 비누방울처럼 가벼웠다
발에 닿는 흙의 촉감을
나는 즐기고 즐겼다

인생은 어디서나
사랑 주고, 가슴에
사랑을 담는 여행이었다

그 사랑은 매일 떠오른 해가 증거한다

1부

지금 울고 싶은 곳

지금 울고 싶은 곳

모든 일이 술술 풀리는 바람 따라
꿈이 보이는 쪽으로 따라 갔어
앞이 캄캄하도록 슬플 때는
어항에 갇힌 금붕어라도 떠날 곳이 필요해
거실 어항 물고기를 수성동 계곡물에 놓아주고
당신이 보이는 쪽으로 흘러갔어
나를 더 잃기 전에 숲에 물들고파서

인생 대부분을 건물에서 사는 우리가
우주, 인생 전체를 어찌 느낄 수 있을까
중심을 가지고 세상을 잘 볼 수 있을까
뼈 빠지게 일하는 몸은
왜 이리 쉼 없이 돌아가는 공장일까
왜 이리 바쁜데도 절벽 앞에서처럼 쓸쓸할까
일 스트레스로 바늘집 같은 머리나 흔들어 볼까
내 안에 흐르는 빽빽한 안개를 헤집어 볼까

먹구름이 흰 구름이 될 때까지
당신이 보일 때까지
해를 따라 간다

바람이 낸 길을 찾아서

울 곳을 찾아서

밀리지 않으려고

새해종소리도 발렌타인데이도 잊고 지냈어요
테러는 지진뉴스가 밀고
지진뉴스는 대형뉴스가 밀고
밀리면 외로워요 잊혀져요
밀리지 않으려고 다들 목숨 거나봐요

가끔씩 모든 노력이 물거품이 되는 기분이에요
다 그만두고 싶어요 지쳤어요
통장은 얇아져가고 입 안은 다 헐고
모든 은총이 나를 비껴가요
밤마다 강물처럼 몹시 뒤척였어요

애틋한 사랑 꿈이 한 개 통조림으로 꽉 차 있었죠
통조림만 생각해도 흐뭇했고 간절했어요
통조림의 절망과 막막함의 온도가 높아져요
외로움이 단단해지는 것과는 다르지만
우리 좀 더 외로워져요
외로운 온몸 밀리지 말아요

나는 오래 아프고 우울했네

나는 오래 아프고 우울했네
중년이 되어 죽으려 했고
죽을 수 없게 아이는 꽃덩굴같이 피어
내 곁을 지켜 떠나지 않았네

하늘구름까지 오른 꽃덩굴을 보며
오늘도 기쁘려고 마음 먹네
외롭지 않으려고
내가 좋아하는 오후 3시의 구름을 보네
작은 풀씨가 순식간에 잡초가 되듯
우울한 바다에 길들이지 않으려네

힘들 때마다 거친 바람이
내 곁을 지나치길 바랬고
거친 어둠 속에서도
향 좋은 커피색 바다를 바라보네
멀리 있어도 당신이 멀리 있지 않다고
생각하면 생각한대로 되어갔네
당신은 수증기같이 피어오르네

아주 가까이서 나를 바라보네

내게 언제나 리얼한 트렁크

여기저기 지구는 상처투성이
매년 1만 7천여 종의 생물멸종투성이
그 상처를 이기려고
태풍과 해일, 쓰나미로
몸서리치는 것일까

가이아 가설을 알지
지구가 살아 있음은
가설이 아니야
내게는 늘 리얼한 트렁크야
지구는 하나의 사과야
한 권의 책이고
노트북이야
사과밭이고
내 몸이야
내 가슴이고 자궁이야

누군가에게 상처를 받거나 주거나
낮게 하는 이도 나이듯이
더 좋아지려 애쓰는 나이듯이
영혼을 가지고 있음을 믿고

귀 기울이고 느끼며 배우는
나는 나만이 아니라서

내가 속한 트렁크는
사람만 보면 반갑다
나무와 꽃을 보든
구름 사이로 쏟아지는
길과 길을
기차와 버스
사람만 보면
반가와 흔들린다

하늘 물컵

하늘 우러러
부끄럼 없이
착하게 살겠다고
성서 한 컵 마신다

해를 보고
바람에 몸을 씻으며
따스한 시 한 컵
당신께 드리니

괴롭고 힘든 일
슬픔 한 컵
내 주시는 당신

고맙습니다
함께 만드는
세상 한 컵

정치얘기는 빵틀이다

정치 얘기는 장마 때 강물 보는 일같다
건널 수도 없이 조심해야 한다
강물 길을 따라 가거나,
구경하거나 돌아가거나
정답이 없다
옳고 그름도 자기 시선, 그 끈으로
강물을 옭아맬 뿐
강물은 잡혀지지 않는다
강물은 옭아맬 수도 없다

저마다 유익한
자기만의 빵틀에
꿈의 밀가루와 강물을 부어
원하는 빵을 반죽해 넣을 뿐이다

서로의 빵틀이 있구나 받아들이고,
이해하는 일이 중요하다
빵틀 속에 갇혀 자기만 옳다면
돌이 된 먹구름이 되고 만다

소금 눈보라
      – 상처입은 그녀들에게

제대로 보이지 않을 게야
죽도록 괴로울 땐
어디로 가야 할지 모를 게야
어떻게든 고백을 잘 한 거야

세계사만큼 오래된 여성파괴범들
시대가 바뀌어도
소녀들을 미친 듯이 파먹은 나쁜 사내가 있지
식민지를 파먹던 일본 놈들과 다를 바가 없지
소녀들을 벌거벗겨 육포처럼 뜯어먹던 사내놈
정신을 차릴 때까지 그 놈들에게
소금눈보라가 쏟아질 거야
감옥 속에도 퍼부어질 거야
오래오래
죄와 벌의 기념비로 세워질 게야

눈이 캄캄하도록 슬픈 세월
소금처럼 하얗게
까무러치도록 하얗게
잘 이겨낼 거야

기어이 이길 거야

체게바라와 걷던 시간

쌀이며 세금이며
숨 막히게 오른 마트를 지나고
미세먼지 가득한 길에서
마스크도 쓰지 않은
체게바라 선생에게 속삭였다

"선생님 이야기는 힘들고 외로운 이를 위로합니다
목숨 건 게릴라 전투 중에도 배낭 속에
괴테, 보들레르, 랭보, 네루다, 시집이 들었다죠"

말없이 미소짓는 체게바라 선생이
짙은 눈썹에 걸린 광화문 하늘을 볼 때
누군가 노을이란 그물에 걸려 눈물지을 때
나는 체 게바라의 그물에 사로잡혀 걸었다

나는 촛불을 왜 들었나?
묻게 되는 나날이다
한국바퀴가 잘 구르지 않아
하늘 위에서 타고 있었다
물과 밥그릇을 놓칠까 봐 의협심은

잠시 붉어진 가슴 땅에 묻고,
힘없는 모녀가장은
책 가득 트렁크를 끌고
저 환한 태양을 보며 걸었다

기다리던 흰 눈 대신 흰 봄꽃이 날리겠지
이 땅의 불안하고, 놀랄 일은 하늘에 쌓이겠지
정직한 서민들 주저앉고 울 때조차
정의를 외치던 누군가의 입에서 돈이 쏟아져도
죄와 벌의 흔적이 곳곳에 스며 있음을 느꼈다

마음 먼저 바꿀 책들을 안고
두 손을 모아본다
끝내 가질 것은 얼마를 가졌나보다
사랑하는 이들을 깊이 깊이
사랑했다는 먼지거울임을
생각하는 시간
부끄럼이 없어야 할 시간
체게바라와 걷던 시간

지금 청년들을 위하여

붉은 빛으로 붉어진 우울함으로
잘못 알고 있었다는 깨달음으로
달도 별도 없는 어둠으로
어둠 속의 검푸른 구름으로
내내 방송을 듣고 돌리면서
나라 걱정하면서 제대로 알고 싶어서
6시 아침이 오는 붉은 창가에서
정치를 떠나면서 떠나지 못하면서
이 시대 청년들 절박한 목소리를 들으면서
붉은 빛으로 붉어진 우울함으로
제대로 알고 싶은
이 시대의 돋보기로
내가 할 게 무얼까를 물으며
결혼조차 번식의 욕구조차
꿈꿀 수 없는 청년들 그들처럼
다를 바가 없는 나 같은 모녀가장으로
눈에 보여지는 성과의 비석에 매달린 정치인들로
뿌리를 보지 못하는 답답함으로
사상 전쟁의 담장을 너머
모든 불이익과 두려움과 염려를 너머

온 나라 사람이 이어지고
서로 악수하고 따스함으로
꿈이 꿈으로 끝나지 않게
내가 할일이 무엇인지
어떻게 전할지 고민하며
비틀거리면서
노을이 지고 밤이 오고
어둠 속에 빛 분수가 터지듯이
자연스럽게 고통 없이
바람 속에
당신 목소리가 그리워서

슬픈 데자뷔

이 추위도 데자뷔
정치도 데자뷔
어떤 사건도 데자뷔
정치 역사는 반복된다

새들은 날아가고
가게 문은 문마다 닫혔다
사람들은 서로 모른 체한다
생각이 다르면 풀을 베듯이 잘라낸다

가질 수 없는 것만을 부르고
가질 수 없는 집을 꿈꾸고
가질 수 없는 세상만 그리워 하나
촛불을 많이 들었지만
나는 왜 세상이 바뀐다고 착각했을까
돈보다 따스한 바람이 불 거라 꿈꿨을까
죄는 죄였고 심판은
제대로 된 심판이었을까
나는 옳고 왜 너는 옳지 않아도 될까
너는 왜 거기에 있고
나는 왜 여기에 있을까

오늘 옳다 느끼면 내일 틀릴 수 있고
조금만 교만하면 어깨는 꺾이고
성공의 시소는 내려간다
무엇 하나 자랑하기 힘든
기묘한 인생도 데자뷔
타오르는 슬픔도 데자뷔
접지 못하는 꿈도 데자뷔
잘 안보이는 비상구도 데자뷔

어느 틈에 우리는
서로 모른 척 하며 부지런히
비상구를 찾는다

충분히 고달팠고, 충분히 울었다

충분히 고달팠고 충분히 울었다
내 몸은 수하물 창고처럼 무거웠다
나는 평화주의자 나라 사랑하는 한국인
수험생 딸 둔 모녀가장
1인 독립출판사 노동자
에코 페미니스트 너머
이산가족 2세대 너머
내 할 일은 영혼의 우체부
어떻든 사랑을 전하련다

충분히 고달팠고 충분히 울었다
나의 외가는 동학 천도교 믿고 독립운동한 가계
외할아버지 독립운동하다 처참하게 돌아가셨다
평생 이북가족 그리워하다 떠난
엄마 유언은 외가식구 도우라, 였다
이모 삼촌들은 학살당했을지도 모른다

충분히 고달팠고 충분히 울었다
울아버지 36년 야당투쟁한 투사
민추협사회국장 역임 낙선 두 번 끝에

전 통일민주당 국회의원 초선 역임
나는 선거운동 25년은 해봤다
나도 모를 운명의 창고를 어깨에 메고
둥글게 짐을 부리는
수하물 창고 기사처럼 간신히
전업작가 바퀴를 굴려왔다

충분히 고달팠고, 충분히 울었다
좌우익 싸움도 힘들다
어떤 정치색도 힘들다
모두 사라지니까 가엾고
급진적인 경제정책이 겁나는 서민이고,
최악의 경제난을 겪는 소영세업자다
어딘가로 가고 싶지 않고
갈 수도 없다
더 울고
더 고달플지라도
내 영혼의 수하물은
생애의 언덕, 반은 지나고 있다

2부

사과밭 로맨스

The moment apple flower comes to me -Apple's Travel#7, Yesan, Korea
@ Shin HyunRim. Inkjet print. 2019

날아가는 모자

사무실 상자, 모니터란 상자에서
꼬박 8시간을 일했구나
머리 어질, 허리 부러질, 눈이 뽑혀질
슬픔 하나씩 던져볼까
틀에 박힌 코트를 던지고
위태로운 희망 구두를 던지고
바빠서 무엇부터 해야할지 모를
서류더미와 씽크대와 거실
그 어지러운 살림도 없이
가슴 속 깊은 우물도 보이고
나는 한없이 낮아진다

낮아지면서 가슴은 뜨겁다
나를 바라보게 해줄 애인만 없다
날아가는 모자만 있다
저 모자에 취하고 싶은 누군가 있다

사과밭 로맨스

당신이 움직일 때마다
아주 신기한 소리가 났어
가만가만 귀를 기울였어
어떻게 레몬차 끓는
상큼한 노래 소리가 날까
나는 궁금해 당신을 뒤따랐어

그와 함께라면 겁날 일도 없고
복잡한 정치도 잊었다
간소하게 살면 얼마나 편안한지
그를 보며 알았다
그가 누군지도 몰라 슬프지만

어디서든 그의 향기가 피어나면
이상하게 내 발은
사과밭을 향해 흘러갔다

부드럽고 나긋하게

부드럽고 나긋나긋하게
당신이 나를 끌어당기고 있다
자신과 꼭 맞는 남자
미소에서 치자 꽃향이 나 가슴이 두근댔다
남자의 근육과 촉감을 음미하며
석류 빛 붉은 그의 입술이 내게 미끄러졌다

이제 통제력을 잃어도 괜찮겠죠

흐트러지도록 끌어안은
다 젖은 침대보
오렌지빛 태양

흐음, 상상만해도 좋아

엄마의 분 향기

엄마의 결혼식 사진과
고집스럽게 남은 유품들
늙지 않는 한복과 목걸이
40년 된 분 향기
이상하게 따스했다
흰 얼굴을 뽀얗게 단장해 주는
주황빛 분통이 신기로와
보고 또 본다

모든 물건은 쓰레기 아니면 유품이 된다
유품은 한 사람이 사라진 후
새롭게 태어나
특별한 추억과 시간을 그려 낸다

유품은 따스한 상처다
나를 깊고 깊은
옛 추억으로 데려간다

정들다

가냘픈 바람이 오고 간다
사람 그림자도 오고 가고
애달픈 사랑도 오고 간다

보일락 말락 있을락 말락
마음 흔드는 풍경소리

무엇 하나 머물지 않고
마음만 흔들고 간다

정든 마음처럼 풍경만 흔들린다

삼베옷을 입은 나무

기묘하게도 나무들은 사람을 닮았다
여자, 남자.

색깔 고운 삼베옷을 입은 듯
어떤 나무는
오래도록 꿈꾼 사내의 모습이었다.
나약한 듯 강하고, 수줍게 우직하게
도스토옙스키 사랑철학처럼
무조건 사랑을 행하는 게 도임을
보여주는 사람을 닮았다

그 나무는 세상을 돌다
낡은 양말같이 후줄근해진 나를
상큼하게 안아 주었다
내가 기대면
나무는 기뻐 크게 너울거렸다

은박지 강물

비행기처럼
흰 줄 곱게 그으며
사과꽃 향기로 흘러온 당신
까마득히 원시의 향기까지 흘러와

부드러운 시간을 누리라고
골고루 나누라며 바람이 불고
골고루 느끼라며 낮달이 뜨고
골고루 햇빛 받으라며 깔아놓은
은박지 돗자리가
강물처럼 빛났다

아주 잘된 설치 작품이었다

오후 4시

서쪽 하늘 해가 기울고
사과밭 주인할아버지는
할머니가 그리워 무덤으로 가고
아이들은 사과꽃이 좋아 나무를 흔들었다

하늘에 닿을 듯이
하얀 사과꽃이 마구 흩날렸다
하얀 소금처럼 흩날렸다

저 끝 어디선가
잃어버린 사람이 나를 기다리는 것만 같다
소금보다 더 믿음직한 사람이

사과밭 끝까지 들어가 보았다

고려인의 세숫물

고려인들은 피부를 깨끗이 가꾸려
향유로 목욕하고
갓난아이는 복숭아 꽃물로 씻겨주었다
고려인의 후예인 나와 나의 딸은
얼굴을
사과꽃물로 씻고
활짝 웃어 보았다

세수물 속에서
크리스탈보다 맑은
웃음이 조용히 물결쳐갔다

사과꽃이 알을 낳았다

언제, 언제
사과꽃이 알을 낳았나

사과나무아래
커다란 알이 있었다

꿈같이 기묘한 인생이라
그 속에 무엇이 있을까
알에 귀를 가까이 대보았다

알 속에서
바다 소리가 들렸다
내 몸 이전의
몸이 꿈틀대는 소리가

사과나무가 가르쳐 준 사랑의 힘

당신의 손길이 필요해
나는 사과꽃 풍경 속에서
사랑받는 손길을 느끼지

여기에 여자, 남자 구분이 어딨나
먹고 사는 고뇌는 새가 싸들고 날아갔지
세금고지서는 구름 위로 떠올랐지
꿈이면 이루어질 꿈으로
나는 부풀어 올랐지

사과나무는 어딘가 성자의 미소같이 흔들렸어
사랑스러워서 더욱 다가가고 싶어졌지
오후의 햇살에 달콤해진 채로
내 고향 의왕 한 바퀴 돌 때처럼
운주사 와불을 볼 때처럼
이집트 나일강에서
소년이 소를 씻기던 모습처럼
아토스산 수도원에서 본 하늘처럼

아, 인생은 저거야, 란 외침 속에서

사과 던지기 수행

사과의 뿌리는 물이고
곰팡이의 뿌리는 죽음이니
길이 다르고, 보는 곳이 다르면
부딪칠 필요가 없다
욕심뿌리가 뒤엉킨 이들은
스스로 깨치지 않는 한
깨져가는 사과만큼 버려질 것이다

사과가 다치면 쉽게 썩어지기에
어떻게 하면 깔끔하게 던지고
끝낼 수 있을까 생각한다
하늘에 수없이 많이 던져
떨어지는 찬란한 순간이
아름다워 가슴이 떨린다면
나는 잘 산 것이겠지

내 사과던지기 작업 모티브를 따라 한
사람에 대한 불쾌한 마음은
또 다른 작가를 따라 한 작품을 보고,
그만 시시해서 뒤로 넘겨버렸다

놓기, 비우기는
스스로 이기는 것이었다
인생은 어쩌면
이기고 지는 문제가 아니다
죄짓지 않는 게 얼마나 행복하며,
죄의식이 있나, 없나의 문제일지 모른다

옳바르게 사랑을 주고
이 세상 떠나가는 일의 문제

혼이 스민다는 것

민들레와 이름 모를 풀꽃들이 다 지면서
은밀한 기운를 내뿜었다
바람이 불면
사과나무들의 혼이 느껴졌다
정성들인 것에
혼이 스민다고 나는 생각했다

세상에 누군가를 위해, 세상을 위해
다 내줄 때, 사랑할 때
그만큼 온전히 혼이 스미고
비로소 영적인 힘이 이승과 저승을 흐른다

낮에는 땡볕이 바늘같이 쏟아져도
저녁이 내릴 때
더없이 영적인
사과밭에서 나는 사진찍었다

사진찍은 세월도 15년이 지났다

구름 타올
– 사랑하는 딸에게

네가 매일매일
소중한 인생의 기적을 캐내면 좋겠어.
시집이란 호미 한 자루로 지금은 충분하지 않니
한겨울 바람에 꽁꽁 닫은 창문을 열어보렴

구름으로 짠 타올로 얼굴을 씻고
방안의 공기를 바꾸고 음악을 틀고
가장 편한 자리에 기대고 앉아,
어깨와 발을 흔들거리며 즐겨보렴

꽃병에 너를 닮은 예쁜 꽃을 꽂아
향기가 흐르게 하는 것도 좋겠구나
매일 평범한 날, 오늘만큼은
구름 타올이 창문으로 쏟아져들어
네 몸을 감싸 가장 따스한 오후가 되길 바래

지금 후회 없이 충분히 즐겨보렴
구름타올보다 아름다운 네 인생을

전 생애를 건다는 것

제 인생은 단단하게
빛나는 것이 사라진 후
아련한 향기를 맡고
아쉬워한 날이 많았어요
머뭇거리다 놓치는 게
어디 사랑 뿐일까요
아차, 하는 순간에
뭐든 놓치게 되니
성서의 뱀처럼 지혜롭고 싶어요
전 생애를 걸 듯이
빛나는 순간, 잠시 멈춰
자스민 꽃향기도 깊이 음미했어요
코끝에 걸린 세상이 향기롭게
이승과 저승을 연결시키고
사람과 사람을 이어주는 냄새
내가 나일 수 밖에 없는 오늘

저렇게 꽃핀다는 건
전 생애를 거는 거겠죠

3부

사과꽃 진혼제

Munch's Cries and My Cries Between the Paintings of the Goya and the Photographs of the Japanese Massacre
The work of Francisco de Goya, Edvard Munch was quoted

사과꽃 진혼제

우리 민족 피 빨아먹고 산 일본인
나라 팔아 부귀영화누린 친일파
식민 땅 주리 틀고
쇠란 쇠 쌀이란 쌀 다 털어
배곯고 병든 우리네 주머니까지 털어
가난한 소녀들까지 벌거벗겨
갈갈이 찢어가던 강점기 때
일본인들은 사람도 아니었지

솟구치는 하늘 북소리는
가슴을 찢고 바다를 갈랐었지
무명의 독립군 외할아버지
독립자금 나르다 잡혀
고문받고 죽어갔지
수많은 독립군들 잡혀
짓이겨진 사과꽃같이 썩어갔지

시간이 가도 남는 아픔은
내 슬픈 심장에 부어주렴
시간이 가도 넘치는 슬픔은

내 가슴에 부어주오
가슴 터지도록 적셔주오
내 슬픈 사막을

백년 전 목소리
– 독립군 김현국 씨의 인터뷰로부터

나는 무얼 할 건가
무얼 해야 하는가
100년 전에는 더 절실한 고민이
바람 속에서 들린다
언젠가 인터뷰한 독립군 김현국씨 증언 속에서

"그땐 나라 찾는 거 외엔 눈에 뵈는 게 없었어요
거세당한 동학에서 바뀐 천도교의 힘은 대단했죠
종교단체에 감시나 처벌이 헐렁해서
3.1만세운동 자금부터 인원 동원까지
손병희선생이 이름을 바꾼 천도교가 도맡았죠
3.1운동 때 거리에서 천도교도들은
'시천주조화정영세불망만사지지기금지원이대강'
侍天主 造化定 永世不忘 萬事知 至氣今至 願爲大降
주문을 외치면서 태극기를 흔들었죠"

엄마가 매일 기도드린 주문이었다
어둔 바다를 치는 통곡의 종소리
소금같이 흩날리는 목소리
바람과 구름 속으로 번지는
뜨거운 기도소리

사랑하고 애도하는 천 개의 당신과 나
– 외할아버지의 3.1절

3.1절 태극기가 울었지
온 산, 온 들, 온 바다가 울었어
주문을 외치는 소리도 울려퍼졌어
외가댁 식구와 외할아버지의 외침도 들렸지
"시천주 조화정 영세불망 만사지
侍天主造化定永世不忘萬事至‥"
그 슬프고 힘든 장면을 그려보았지
그 무거운 울림은 내 몸에 스며 있어
엄마 이야기를 믿었지만 왜 소설 같은지
내가 겪지 않아도 똑같은 얘길 계속 들으면
내가 겪은 듯이 착각되었지
내가 둘, 셋, 열 개로 늘어나는 기분

기억은 시간이 지나면 뒤섞이는 물결이지
천 개의 강들이 모인 바다물결
천 개의 기억들이 모인 물결 속에
천 개의 3.1절 이야기가 있겠지
사랑하고 아파하고 애도하는
천 개의 당신과 나

곧고 바르게 산 사람 이야기

봐도 봐도 저녁 밥짓는 연기같이 그윽하단다
꽃잎은 떨어져 흩날려도 이뻤기에
사람의 기운을 북돋아준단다
일본 강점기의 소월과 만해의 시가
백석과 육사, 동주의 시로 가슴 울렁이듯
수많은 익명의 희생으로 언덕이 푸르르듯
곧고 바르게 산 사람 이야기는 고마운 기운을 준단다

엄마와 다퉈도 곧고 바른 엄마가 있어서
안심했던 나날이 꿈의 씨앗으로 남고
그때는 언제인지 모르게 다 흘러가버렸다

그때가 왜 이리 그리운지
함께 한 기억마저 흩어질까 봐
기억의 꽃잎 하나하나
보약같이 손에 담고 있었다

엄마가 들려주신 외할아버지

인정 많은 외할아버지
집에 거지들 데려와
자주 밥을 먹이셨네
옷과 이불도 내주셨네

평북 선천 일신동 김진사댁 가게
서른세 칸 집은 따스했다네
공산군에 집을 빼앗길 때
오두막집으로 쫓겨갈 때까지

광복 반 년 전
독립자금 나르다 잡힌 외할아버지
모진 고문 받고 숯덩이 되어
새까맣게 앓다 숨지기까지

언땅을 파서 주검 묻던 외할머니
아홉 살 엄마 울음소리
가끔 내 가슴을 움켜쥐네

어둔 창가 밝혀
불빛으로 타오르네

엄마는 빛의 지도를 찾아서

그곳에는 빛의 지도가 있어
일제 강점기부터 그 오래된 시간
어제가 오늘같이
가슴 먹먹한 이 시간
길을 잃을 때마다
엄마는 빛의 지도를 찾고
꿈을 찾던 곳
낡고 빈 의자들로 경운동 천도 교회는 따스했다
은은히 쏟아진 벗 꽃잎은 은화같이 눈부셨다

하나 둘 떨어지는 벚꽃잎을 쪼다가
지도만큼 아름다운 날개를 퍼득이며
비둘기는 수운회관 쪽으로 길게 날았다*

---

* 엄마의 말년에 나는 경운동 천도교회로 엄마를 모시고 다녔다

A special ritual for apple flowers, Yesan, Korea
@ Shin HyunRim. Inkjet print. 2019

오늘도 아픈 어제
– 일제 강점기때 사진을 보다가

쉽게 쉽게 몸을 박살내네
학살자의 고문 사진
삽으로 흙을 덮는 생매장사진
겁탈 수탈 침탈 비명 탈곡기로
온 나라 온 사람을 털어가고
불에 지지고 칼로 목을 쳐내고
빨갛게 영혼까지 숯불구이하네

몹쓸 일본인들 머리 위로
단지 조국을 사랑한
슬픈 눈동자들이 떠도네
눈감지 못한 얼굴들이
텅 빈 그릇같이 떠도네

밥과 흙 사이에서
눈물과 피 사이에서
희망과 주검 사이에서
백년 전의 사람들은
울부짖을 수도 없이
갈갈이 찢겨 죽어나갔네

The moment apple flower comes to me
Apple's Travel#8. Yesan, Korea
@ Shin HyunRim. 설치. 2019

비명 지팡이[*]

보고 싶어
보고 싶어
어머니 보고 싶어
배가 고파요
배가 고파
배가 고파요
가고 싶다
가고 싶다
고향에 가고 싶다
몸이 자꾸 문드러져
휘어진 지팡이예요
어머니 보고파서
눈물도 말라가요
꿈도 말라가요
입은 석탄같이 딱딱해요
나라는 날개였어요
날개 잃은 설움
무너지는 몸
바짝 마른 지팡이
어머니 보고 싶어 배가 고파 고향에 가고 싶어

---

* 강제 징용 탄광에 쓰여진 낙서로부터

Apple Travel, Mokpo, Korea
@ Shin HyunRim. Inkjet print. 2019

잃어버린 나라의 사람들에게[*]

– 소녀상 곁에 소년상도 있길 바라며

살아서 죽었던 당신들이 다시 살아 행복하라
살아서 매맞던 몸이 다시 싱싱하게 펄럭이고
산 채로 태워졌던 몸은 되살아 꽃피어라
꽃피거나 시들거나 아픈 몸은 더는 아프지 말라

살아서 누리지 못한 기쁨을 누리고
살아서 갖지 못한 집과 음식을 즐기라
살아서 품지 못한 사랑을 품으라

꿈의 강둑이 무너지고
쉴 집이 날아가고
잃어버린 나라의 사람들아
아픔도 슬픔도 연기처럼 흩어져가라

---

* 『반지하 앨리스』 28쪽 재수록

The studio of apple farm, 11
@ Shim HyunRim c-print 2010

햇빛으로 오시는 엄마

엄마가 자식을 잊은 적 없이
엄마를 자식도 잊지 못해

그립고 그리워서 멀리했던
엄마가 내게 오시었다
내 딸을 안은 엄마사진
북녘 땅 동생들이 그리워 눈물짓던
엄마의 쓸쓸한 표정이었다

소쩍새도 섧게 우는 날
먼 바다 먼 산 푸르른 날
시계소리 울리지 않는 날
햇빛으로 오시는 엄마

구한말 조선 여인들과 함께

한국 독도 사랑가

내 목을 푸른 스카프가 안 듯
독도를 푸른 동해가 끌어안으니

홀로 있어도 혼자일 수 없고
떨어져도 깊이 이어져
우리는 한 몸이니

봄, 여름, 갈, 겨울
웃음 등대불이 켜지고
한반도를 안고 춤추리니

한국의 독도를
일본은 넘보지 못하리니
언제까지나
우리가 끝까지
독도를 지키리니

지구 끝에서

해 가까이 걸어갔어
가까이 감으로 관계는 생기는 거겠지
가까이 감으로 기차 소리가 들렸어
가까이서 들은 기차소리가 따스했어

기차 소리가 내 속 깊은 움막까지 깨워가
앞만 보고 달려온 나는 많은 걸 잊고 있었어
숲과 너무 멀리 떨어져 있었어
'그동안 그토록 원했던 게 뭐였을까'를 물었어

머무르지 못해 나를 못본 시간들
어제밤 꿈속 북한 핵미사일도
아이스케키처럼 녹아버렸어
사느라 필요한 얼굴들이 벗겨져내렸다
둘로 갈라진 내가
하나가 된 듯이 즐거웠지
마치 사랑할 때처럼

산 벚꽃 팔만대장경

고향 대문 쪽에서 바람소리가 울렸다
대문은 벚나무였고,
껍질은 부드럽고 매끄러웠다
몽골의 침입을 부처의 힘으로 막던
팔만대장경의 반이 산 벚나무였다니
꽃만 예쁜 게 아니라
쓰임새가 좋다 생각할 때
엄마의 말은 수증기같이 번져왔다

한국의 풍경 어디나
산 벚꽃나무가 있단다
산 벚꽃잎이 불어가면
구름을 잡으러 뛰어다녔단다

바람이 불면 꽃잎이 길에 흩어졌고
홀연히 사라진 사람들이
다시 꽃으로 살아나고 있었다

메이드 인 코리아, 비눗방울

하늘에서 푸른 눈이 내렸다
반딧불처럼 푸른 눈발 속에서
조선의 아이들은 연을 날리고
내 딸은 비누방울을 불었다

푸른 눈발속에서 비눗방울이 점점 커졌다
나는 한참 들여다 보았다
옷 스타일만 바뀌었지
옛날과 지금은 뭐가 다를까

딸을 향해 내 말은 설탕처럼 쏟아졌다
"딸아, 우리역사를 모르면 한국인이 아니란다
모른다는 건 부끄러운 거란다
지금은 잔소리여도
훗날 영양제가 될 거란다"

푸른 눈발에 젖어
커다래진 비눗방울이 하나 둘 녹아갔다

아, 가고 싶은 평북 선천[*]

어머니, 어젯밤 꿈에 38선을 죄다 끊어놨어요
외갓집 가는 길이 실크스카프처럼 스무스해졌어요

딸아, 죽는 날만 기다린다 심봉사처럼 왼쪽 눈도 잘안
보이는구나
딸아, 바랑 같은 혼이 있긴 있나보다 명절 때면 꿈에
네 외할아버지가 허허벌판에 흰옷을 입고 계셨단다
아버지 웬일이세요? 했더니 하도 배고파 밥과 국
한 그릇씩 얻어놨는데 뜨거워서 못들겠구나 하시며
싸늘한 입김처럼 사라지더구나

어머니는 이십년째 외할아버지 제사를 지내신다
소쿠리 같은 어머니 가슴을 만지면
압록강과 용천평야가 일렁인다
청수를 올리고 기도 드리시면 이북 외할머니의 맑은
다듬잇소리가 아프게 메아리쳐온다

내 어머니, 김정숙은 평북 선천군 선천면 일신동
국수고개 아랫마을에 사셨다

---

[*] 『세기말 블루스』 재수록

천도교신자셨던 외조부모님 존함은 김영상,정후옥
이시다
어머니의 송모, 학모, 정열, 월순 형제를 찾는다
기다림의 봉화불로 밝히는
아, 통일이 올 그날에

참 기분좋은 기도

슬픈 이와 더불어 슬퍼하고
마음 여린 이와 더불어
마음 여린 채로 흔들리고
기도한다 부족한 내 자신을 무릎꿇며
기도한다 가장 낮은 곳에 머물고
내 가진 것을 나누고
아무 말을 안하기 보다 미소를 주겠다고

무표정보다 당신을 좋아한다고
당신을 보니 기분좋다고
그 따스한 말을 먼저 하겠다고
나를 너머 사람들을 위해 기도한다
나의 기도는 허술하지만
허무한 안개를 뚫고 나간다

기도라는 트랙터를 움직이면
땅의 질이 좋아진다
씨를 뿌리면 금세 싹이 튼다
어떤 힘든 일도
은총으로 바뀌고 만다

엄마의 기도소리

엄마는 구름 속에서 희미하게 피어올랐다
흰 구름 속에 손을 뻗어 흔들었다
아무도 없다

엄마의 청수그릇도 없다
엄마의 기도소리도 없다
엄마가 기도를 마치면
청수를 들이키며 먹으시던 알약도 없다
엄마가 덮던 꽃무늬 이불도 없다
명절을 준비하는 저녁이면
엄마 따라부르던 노래도 들리지 않았다

엄마의 기도소리만이
가슴 속에서 울려퍼졌다

The moment apple flower comes to me -Apple's Travel#8 , Yesan, Korea
@ Shin HyunRim. Inkjet print. 2019

만물 한몸

한 알의 사과를 먹으며
내가 사과로 흘러들어간다

나와 한 몸을 이루는 사과는
나와 한몸이 되는 내 집이니
나와 한 몸을 이루는 길은 길마다
언젠가 만날 나와 당신이거나
빛과 바람과 해가 나와 하나인 채로
서럽고 힘찬 기운을 내뿜는다

그 힘이, 그 빛이, 그 사랑이
내 조상과 엄마가 살다간 땅
나와 딸이 살다갈 땅
하나로 섞여져
아이가 든 사과에 비친다

지구의 중심인
아이의 웃음소리가 하늘로 메아리친다

기차를 들고 가는 힘

기차가 해를 향해 달리나 봐
  내 손 끝이 따스해 가깝고도 먼 사람들
    살기는 어렵고 마음까지 쭉정이가 되어
  저마다 홀로 흐느끼지 닿아서 아프지 않으려고
손만 닿아도 다치는 일이 많아졌으니
서로가 너무나 다르니
우리는 서로 모른 체하고 지나친다
    이 험한 세상에 신앙없이 어찌 사느냐고
      아우 천사는 내 손을 따스히 잡아주니
      나는 점점 커져갔어

    따스한 기차를 손에 들고 있었어
기차 위에 해가 흐르고, 구름이 따라왔지
해바라기는 기차 위까지 뿌리를 내렸어
떨어지지 않고 잘 자랄 수 있는 힘
  믿음의 힘이겠지
    십자가 그늘은 내 발길이 선하고
      아름다운 쪽으로 흘러가는
        놀라운 기쁨이었어

4부

희망 대장경

축축한 질문

마감할 원고를 싣고 배을 타고 가네
수평선 쪽으로 가면
따스한 밥상을 퍼올리는 물고기들이 가득한지
어두운 내 방에 해와 바람들 날은 언제인지
이불이 축축해서 잠을 이룰 수가 없어
푸른 바다같은 이불
물고기는 마음이 축축하면 어찌 사는지
당신은 어디에서 꿈과 희망을 실어오는지

궁금한 내가 우습게도
물고기가 축축해야 사는 걸 이제 떠올리네

물고기보다 아름다운 당신
사랑은 접고 살아도 되는 건지
언제까지 혼자 살아야 하는지 묻네
우리를 일으켜세울 바람이 올 건지
나는 물으며
멈춰선 배를 살피네

희망대장경

이 순간, 내 느낌이
금세 바람에 흩어질까
구름이 될까 바람이 될까
서둘러 적는다
서둘러 새긴다
팔만대장경도
그 어떤 오래된 기록도
똑같은 마음였으리

이 작은 집에
해가 지고 뜨는 사이
그 어떤 절절함도
묵직한 벼루와
먹향기로 메아리치게
벼루와 먹같이
묵직한 희망이 되게

혼자 살라,는 말

혼자 살라,는 말
갈고리처럼 가슴을 찍는 말

말의 감옥이 얼마나 센지
몸이 통나무같이 쪼개질 듯 하지
생각과 말이 그 사람을 만들고
말대로 그렇게 되어지지

그대나 혼자 살아 봐
통나무같이 무거워져 봐
헛간 속인 듯
얼마나 헛헛할지 생각해 봐
그대나 혼자 살아 봐

식탁도 둘이 들면 가볍고
식사도 둘이 먹으면 더 맛있지
혼자 사는 이 앞에 외로운 수식어는 싫지
그대나 혼자 살아 봐
헛간이 되어 봐

헛바람처럼 울어 봐
울부짖어 봐
컹컹
울부짖어 봐

이렇게 폭발했다가도
혼자가 편한 날

사랑할 수 없다면 지나쳐가라

사랑할 수 없다면 지나쳐가라
피도 눈물도 없이 연민도 없다면
다른 세상에서도 부딪치지 말라

비난할 것도 없고
그냥 지나쳐가라
서로 응원의 악수가 아니고
산바람 같은 시원한 시선이 아니면
함께 있을 이유가 없으리

사랑할 수 있을 때까지
아픈 일에 까마득히
망각의 싸락눈이 내리고
서로 잘 되길 빌며 지나쳐가라

꽃상여

해 아래 바람은 불고
평생 머슴으로 살던 쉰살 남자가
생전 버스도 안타봤는데,
뺑소니 차에 치였다
누군가 돈도 가져갔고
여동생이 벙어리라 말할 수도 없었다

해 아래 바람이 불고
머슴의 꽃상여에
하얀 나비들이 날아들었다
양털처럼 따스한 나비도
사연을 아는 듯
꽃상여를 따라 줄지어 날았다

해 아래 바람은 불고
뉴스에도 안나오는
슬픈 이야기가
천안에서
반지하 내 몸까지 흘러들었다

도와주세요

"불이 나서 모든 것이 타버렸어요.

천원 한 장 없어도 사실 수 있다면 도와주세요"

사람이 불에 데이면 저리 애절한 모습이구나
볼에 살 한 점이 옷핀처럼 비죽나오고
얼기 서기 바늘로 꿰맨 팔뚝
조용히 먹을 가는 소리로 내 마음은 울었다

매끈매끈한 내 팔이 미안했다
얼른 겉옷으로 팔을 가렸다

승객들은 일제히 천 원을 꺼내
그녀의 상자에 넣었다

그녀는 노숙자

거친 바람소리가 휘휘 지하도를 타고 흘러갔다
지하도에 웅크린 실성한 여자가
앞 이가 빠진 채 히죽히죽 웃고 있었다
때에 절은 얼굴과 옷차림은 과거에만 사는 듯했다
쉽게 잊어버리는 병을 가진 이곳 사람과 달리
쉽게 잊지 못해 병든 것일까

내가 할 수 있는 일은
초라한 만원 지폐를
그녀 옆에 놔둘 뿐이었다

가시나무처럼 사방으로 날리는
그녀의 머리칼하며, 옷하며 웃음하며
광화문 지하도가 흔들렸다
거친 바람이 불었다

눈이 내리면 눈을 감다

방풍지를 사고
집에 가는 길이었다
마악 눈이 내렸다
버스에서 사진을 찍다가
더는 찍지 못했다

눈이 내리면 슬프고 아름다워서
눈을 감아버린다
사진은 진짜 풍경을 따를 수 없고
지금이 아니면 못볼
눈 풍경과 나는 연애했다

내 영혼은
시적인 이 풍경이
빵과 우유보다
그리웠다

사과는 버섯이 아니라서

사과는 버섯이 아니라서 아프고
내 몸은 네 몸이 아니라서 아프더라
깨우침은 마음 깨져야 오더라

먹기 싫어진 가게는
더는 사줄 수 없어 미안해 피해가고
그리운 이는 가까와지면
더 그리울까 겁나서 멀어지고
사랑하면 무너질까 피했더라

이토록 내 것이 아닌 사랑이
전부라서 피해가는 것이다

아주 재밌는 인생

많이 가지면 뭐하나
신경 쓸 게 많아지고
지키느라 힘들텐데
나는 금고를 짓기보다
아주 재밌는 털실로 집을 뜨고 싶다

단골 까페 앞 의자에서
서녘해가 오렌지같아서 얼마나 풋풋한지
아름다움을 느끼고 깨우치는 기쁜 실은
대바늘 속에서 푹 젖어들고

헤아릴 수 없는 사랑이란 말 퍼짐이
실실이 실 속에 엮여든다

내 입가의 미소는
비누방울처럼 살며시 터진다

백석을 못 읽어드린 슬픔

엄마의 숲을 오래 헤매었습니다
혹시나 얼굴 한번 더 볼 수 있을까 했어요
깊고 깊은 엄마의 사랑을 헤아릴 때
엄마는 일어설 수 없는
모래바다로 떠밀려 가고 계셨지요

떠도는 바람 속에서 엄마의 목소리가 울렸고
엄마의 유언은 노을빛에 걸려 잊을 수가 없었지요
기꺼이 이북 가족을 찾고, 힘든 이들을 도울게요

엄마 생전에 왜 백석을 못읽어드렸을까
『쓸쓸한 길』 백석의 시집에
엄마가 쓰시던 평안도 사투리로 가득하고
몹시 백석을 좋아하셨을텐데

지금 숲 속에 후회의 난로를 켜니
주황빛 불빛 속에서
엄마와의 아프고
그리운 추억이 어른거립니다

주르르 흘러내리는 휴전선

여긴 휴전선 끝이야
희망의 연 한 마리 띄우며
얼굴도 모르는 외가식구들에게 안부를 물었어

우리는 휴전선과
지뢰나 심으려고 태어나진 않았잖아
우리가 금이나 긋고,
땅따먹기 하려고 태어난 건 아니잖아
금강산, 백두산, 너와 나의 금수강산을 오를 거야

따스한 철길이 되어 이북 외가식구들께 전할 거야
엄마는 당신들을 목 메이게 그리워했다고

주르르 흘러내리는 보일러가 겨울을 돌리고
주르르 흘러내리는 안타까움이 나를 돌려
주르르 슬픔 가득한 내 몸이 천천히 흔들거리지
여기는 흰 눈이 펄펄 날리는 휴전선 끝이야

당신이 그려가는
한 장의 이미지

인생은 한 장의 이미지

사랑의 이미지를 떠올리면
손에 잡히지 않아도 마음에 잡히는 것

홀로 있어도 혼자가 아니며
외로워도 외로움이 아니며
연인은 없어도 있는 것
격려였어

단조로운 나날 속에서
해가 뜨고 비가 내리고
바람이 부는 게
격려였어

몸과 마음을 다 내려놓으면
격려는 많고 많았어
격려는
'용기를 불러일으키다'는 뜻이라지
홀로 있어도 혼자가 아니었지

저마다 그려가는
인생이란 한 장 이미지

양말 한마리

당신이 선물 준 양말을 버릴 수가 없어
해진 곳을 기워가니 비단길처럼 아름다워요
한땀 한땀 기울 때마다
돈황가는 길목
명사산 모래소리가 흘러내려요

사르락 사르락
흘러내리는 것은 다 슬프고 이쁘죠
모래언덕, 폭포, 소나기, 철길, 나무뿌리,
나를 위해 흘러내릴 당신 몸소리까지요
무어든 흘러내리면 어딘가로 가잖아요
무언가 바뀌잖아요
답답한 자신에게 흘러나가
점·점·점

북쪽과 남쪽을 하나로 기우고
다른 나와 다른 너를
끊어진 다리와 다리를 하나로 기워
버릴 수 없이 불쌍히 여기는 일
가엾이 여기는 사랑 끝에서 날개가 자라고
우리는 서로 버리지 못할 양말이 되어
붉은 저녁 하늘을 맘껏 흘러내려요

신본주의자의 안부

살림이 늘고, 아는 사람이 늘고,
할 일이 느는데
내 안의 생은 적막하다

스크린에서 가끔씩 멀어지기
이틀 컴퓨터를 안켜는동안
일주일 사는 듯 시간이 길어졌다

열정의 속성은 휘말려간다는 것
휘말려가는 세상살이에 브레이크를 걸기
찬 바람 부는 빈 의자에 싹이 트는 건지

지치고 쓸쓸하고
그리움에 수초처럼 흔들려도
잠잠히 나부터 좋은 사람되기
나머진 신께서 알아서 해주시겠지

사람은 하루에도 몇 번씩
천국과 지옥을 오간다
스스로 왕비가 되어 우쭐했다가
서울역 노숙자가 된 듯이 스스로 비참해진다

그렇게 기분의 엘리베이터를 오간다

세상 모든 일은 핀을 꽂아 논 게 아니다
보는 곳에 따라 바뀌고
바라볼 때마다 달라지지
마음을 매어두지 않기
엘리베이터를 타더라도
나머진 신께서 알아서 해주겠지

질러버리며 가다

가는 길마다 안개덩굴이 가로막고
향기가 짙을수록 안개감옥으로 남는다
사랑을 잃거나 배신당하면 어떤가
가시가 베어져 정리도 되겠지

미리 창을 들고 막아서면
큰 사랑을 잃고 큰 사람 되는 길이 막힌다
얄팍한 다이제스트 인간으로 살면 뭐하나
물고기 닭고기 다 사람에게 헌신한다
그 사랑과. 헌신으로 가시덩굴이 녹아내리고
우리 목숨이 이어진다
헌신으로 인생이 고마운 포도밭이 되는데
우리는 잃어가고 있다

아무 것도 잃지 않으려다
사랑을 잃고 소중한 체험의 책장은 얇아졌다
얇은 마음은 얕은 생을 살게 된다
후회해도 깨져보고 아파보고
자명종같이 진저리치며 울어보고
죽도록 사랑하면 잃기만 하겠는가

두려워 말으렴
범죄만 빼고
사랑하는 일은 저지르며 살기
매일 다짐하고
다짐감옥 이미지가 늘어가도

어떤 안개감옥도
질
러
버
리
며
가
기

당신을 위한 축복기도

당신 앞에 태양, 당신 뒤에 바람물결
당신이 신은 신성한 구름 구두
당신 축복을 비는 나
나의 축복을 비는 당신
주머니가 헐렁해도 따스한 우리

사라지지 않는 향기처럼
당신 가는 길이 해밝길 기도한다
언제나 따스하고 힘차게

당신 앞에 봄, 당신 뒤에 바람물결
당신을 지켜줄 하느님의 구름 구두

해설

신현림은 90년대를 대표하는 용감한 시인이었고,
그녀의 앞에서는 적어도 여성시인이라는 말도
함부로 꺼내기 어려운 사람이었다.
젊은 날의 신현림의 시는 도발적이고 또 자극적이었다.
거칠었지만 내밀한 속살은 따뜻했고 그러면서도
시대가 요구하는 모험과 발언을 아끼지 않았다

이 시집에서 시적 원숙함은 먼저 과거에 시로 표현하지 않았던
새 영역까지 시로 표현하여 확장시켰단 점에 있다.
고통스러운 모험의 도정에서는 다시 마음을 추스르고
먼 길을 떠날 수 있도록 시인과 세상 그리고
그 숱한 타인들을 묶어주고 이어주고 있다.

빨간 등불이 가리키는 곳

– 사과와 시인의 자리

김남석 (문학평론가)

1. 사과와 시

평소 신현림의 시만큼 그녀의 사진에 자극적인 인상을 받곤 했기에, 신작 시집『사과꽃 당신이 올 때』는 기대 이상으로 반가웠다. 그것은 그녀의 사진 속에서 강렬하게 튀어 오르거나 느긋하게 풍경에 기대앉은 사과(의 정체)에서 연원할 것이다. 그녀의 사과들은 일견 평범해 보이는 풍경화 속에서 서로 다른 자세를 취하며 홀연히 등장하는데, 이러한 등장은 사과 밖 풍경을 후경後景으로 밀어내고 우리가 흔히 생각하는 풍경 사진의 범주를 재설정하도록 만든다. 사과만 지워본다면, 사실 아무 것도 아닐 수 있는 풍경이라는 점에서, 이러한 배치는 무척 기이하고 어떤 경우에는 요사스럽기까지 하다.

그런데 따지고 보면 시 자체가 그런 존재일 수 있다. 시의 외형은 우리가 일상에서 쓰는 글자들의 연속적인 나열로 탄생한다. 하지만 그 글자 자체가 특별하다고는 할 수 없다. 현재 해독할 수 없는 문자이거나 애써 그 개념을 공부해야 이해할 수 있는 문자는 아닌 것이다. 그런데도 우리는 시로 인해 삶의 특별한 경험을 해왔고, 또 할 수 있게 된다. 분명 해독되지 않는 문자도 아닐진대, 시가 우리 삶의 표면으로 부상하는 순간 그 시(에 쓰인 글자)는 우리의 일상과 삶을 다른 차원으로 이끌기 때문이다.

시는 우리가 흔히 대하는 글자들을 사유의 배경後景으로 밀어내고 그 안에 오롯하게 숨 쉬고 있었던 사유의 핵심(관념 혹은 진리)을 발견하게 만든다. 흔히 보는 글자이지만 시가 되는 순간 그 뜻은 한 가지 뜻으로만 남지 않는다. 시어는 일상의 통상적인 말뜻에서 숨은 의미를 풀어냄으로써, 우리는 글자 뒤에 남아 있던 사유의 또 다른 영토를 찾아낼 수 있게 된다. 이밖에도 시가 할 수 있는 일이 이 세상에 더 있겠지만, 궁극적으로는 익숙한 글자들의 범람에서 우리와 우리의 삶 그리고 우리의 사유를 해방시키는 역할은 아무리 강조해도 지나치지 않는 중요성을 지니고 있다.

다시 신현림의 사과로 돌아가면, 그녀의 사진 속 사과 역시 그러할 것이다. 사과는 우리 식탁에서 흔히 보는 과일이며, 관념적으로도 숱한 인간사의 기록들과 겹쳐 있는 존재이다. 에덴동산의 선악과, 뉴튼과 만유인력, 윌리엄 텔의 저항과 아찔함이 그러하다. 한국인의 삶과도 유리되지 않는 존재로, 제사상에 빠짐없이 오르고 전 국민이 좋아하며 인간이 즐기는 과일의 대표 명사로 우리 곁에 있다.

하지만 그 사과가 풍경의 중심이 되는 경우는 그렇게 많지 않으며, 더 나아가서 풍경 사진의 그토록 중요한 자리를 차지하는 일도 흔하지 않다(신현림의 사진을 보고 사과가 세상의 중심이 될 수 있는 풍경사진이 존재할 수 있다는 사실을 깨닫는 이도 적지 않을 것이다). 그러니 신현림의 사진을 보는 순간, 우리는, 우리가 알던 사과를 버리고, 거대한 풍경 속에서 도도하게 자리 잡거나 자리 잡으려고 하는 자세와 움직임에 주목할 수 있게 된다.

마찬가지로 글자와 문자의 홍수 속에서 시가 놓이는 순간, 같은 글자이지만, 그 글자 뒷면과 진정한 의미를 찾아야 하는 것과 기본적으로 유사한 원리라고 해야 한다. 사과는 그 자체로 표상인 동시에 익숙한 사물 뒤의 또 다른 면을 살필 수 있는 길이자 힌트였다. 시가 시일 수 있는 이유가, 시를 둘러싼 '필요불급의 글자들'의 존재(틀)를 인식하고 그 글자들의 장막을 걷어낼 수 있는 힘을 갖추는 것에 달려있듯, 사과가 의미 있는 오브제가 되기 위해서는 그 뒤에, 혹은 그 옆에 버젓이 놓여 있는 또 다른 의미에서의 세상을 볼 필요와 힘을 함께 지녀야 한다. 우리가 바라보는 세상은 이렇게 작은 것들의 등장에 의해서 이렇게 달라 보일 수 있게 되고, 이렇게 세상을 다르게 보도록 만들 수 있는 힘이 바로 시의 본질인 셈이다.

2. 시 속의 사과와 사과 속의 얼굴

시집 제목에서 예상했던 대로『사과꽃 당신이 올 때』에는 사과에 대한 단서와 그 세상의 편린을 보여주는 시들로 빼곡했다. 그 시들은 알 듯 모를 듯한 방식으로 사과와 신현림의 관계를 설명하고 있었는데, 그 중에 어떤 것은 귀를 솔깃하게 하는 문구를 품고 있기도 했다. 당장 빌려와 신현림 시와 사진 속 사과의 의미를 명쾌하게 설명해 버리고 싶은 생각을 불러일으키기도 했다. 하지만 다른 한편으로는 이 사과가 반드시 그 사과는 아니며, 설령 그 사과가 우리가 원하는 사과가 맞다 해도, 결국에는 사과의 의미를 드러내지 않음으로써 더 깊게 사과를 바라보게 한다는 사실 또한 유념할 필요가 있었다. 여지를 남기기 위해 사과의 의미를 함부로 풀지는 않기로 한다.

지금은 수정되었지만, 「사과꽃 당신이 올 때」의 퇴고 전 시(구)에는

당신이 당신만이 아니 듯
사과꽃은 사과꽃만이 아니었다
수많은 사라진 이들이
누군가 보고 싶어 핀 꽃이었다

는 두 번째 연이 있었다. 이 연은 각별히 기억이 나기에, 이 글에서 살려보고자 한다. 시인이 (퇴고를 통해) 다른 연으로 대체했음에도 불구하고 사과꽃의 간절함을 담기에 모자람이 없었던 시구였다고 생각되기 때문이다. 이 세상의 모든 이들이 모두 '당신'만으로 각자의 존엄성을

인정받지 못하는 것처럼, 즉 스스로의 자부심만으로 존재 가치를 증명할 수는 없는 것처럼, 사과꽃도 자기 자신의 간절한 바람으로만 이 세상에 온 존재는 아니었다.

사과꽃은 우연히만 핀 꽃도 아니고 사과나무의 바람만으로 존재하는 꽃도 아니었다. 이 세상에 함께 존재하는 많은 이들, 그러니까 익명의 장삼이사張三李四들이─결국에는 이 세상에서 언젠가는 사라져야 할 운명을 지닌 이들이─역시 자신들과 마찬가지로 사라지는 존재로서 갈망하던 꽃이었다. 꽃이 피면 무언가 사라지듯, 사람들은 그렇게 사라졌고, 그래서 꽃은 그 자신의 의지만이 아닌 자신을 바라보(아주)는 그 숱한 존재들의 열망('보고 싶음')을 담아낼 수 있는 존재가 될 수 있었다. 아니 되어야 했다.

그래서 신현림에게 이러한 사과꽃이 결국 '자신-시인'의 은유일 수 있었다. 하지만 시적인 차원에서는 이러한 은유가 더 넓은 차원의 은유로 받아들여질 수 있는 여지를 확보할 때, 그 대상이 사과꽃이든, 비유이든, 나아가서 시이든, 시인이든 간에 더 넓은 세상의 일원으로 존재할 수 있을 것이다. 또한 더 넓어진 세상에서, 사과꽃이 시로 향할 수 있는 길도 함께 열릴 수 있을 것이다. 그녀의 시는 시인 스스로의 의지로 이 세상에 존재하는 것일 테지만, 동시에 그 세상을 함께 살아가는 많은 이들의 의지를 넓게 담아낼 수 있는 여지를 함축할 때 더 확대된 존재로 남을 수 있을 것이다.

사실 시인은 일찍부터 이러한 의지만의 문제가 아닌, 의지와 의지의 만남에 주목한 바 있다. 시인은 이러한 의지와 의지의 만남, 더 넓어진 공감대를 '등불'이라고 지칭했었다. 그녀의 시 「반지하 앨리스」에서는 이러한 '의지의 등불'을 켜는 순간을 다음과 같이 묘사한 바 있다.

> 생의 반이 다 묻힌 반지하 인생의 나는
> 생의 반을 꽃피우는 이들을 만나 목련 차를 마셨다
>
> 서로 마음에 등불을 켜 놓았다.
>
> *「반지하 앨리스」 부분(2~3연)*

이 시에서 특히 주목되는 대목은 '생의 반이 다 묻힌 반지하 인생'이라고 자신이 생을 정의(정리)하면서도, 그러한 생의 다른 양상으로 '생의 반을 꽃피우는 이들'을 함께 언급한 점이다. 그러한 이들은 아마 시인의 친구이거나 동료 혹은 그녀의 동지일 것이다. 어쩌면 무관한 자일 수도 있겠지만, 넓은 의미에서는 이 세상을 함께 살아가는 어떠한 의지를 존재들일 것이다. 그리고 이러한 설명보다 중요한 것은 '반지하 인생'의 그녀가 함께 걷는 이들로(시에서는 차를 마시지만) 그(녀)들을 언급하고 있다는 점이다. 그녀의 시는 그녀가 그(녀)들로 건너가는 다리였고, 목련 차를 함께 마실 수 있도록 허락된 시간이었으며, 그래서 서로의 마음에 켤 수 있는 등불이었다.

이 '등불'은 「사과꽃 당신이 올 때」에서 주황색의 온화한 이미지로 변주되고 있다. 교호하는 내적 작용을 통해 시(혹은 하나의 사유 체계로서 시집)를 건너, 일군의 서로 달라 보이는 시들의 속살로 파고들었고, 교묘하게 재 변주되면서 이 시 저 시로 그 이미지를 확산시켰다. 앞의 말을 빌리면, 사과의 붉음이고, 그녀의 인생을 비추는 등불이었고, 그녀의 인생 속 그들이었다.

  쓸쓸한 길, 비탈길 지나
  눈부신 들길을 따라
  황금사과밭이 출렁거렸지

  주렁주렁 열린 사과는
  빨간 등불이었네

  빨간 등마다 사라진 얼굴들이 비치었다
  엄마, 숙이, 외할아버지,
  그리고 어제 본 사진들
  일제 때 폭동설로 학살당한 한국인 오 천 명이
  일본군 죽창에 찔려 버려진 조상님들
  사진이 눈을 찌르듯이 아프게 어른거렸다
                      「빨간 등불이 열릴 때」 부분(1~3연)

시인은 시 속에 황금빛의 사과밭을 전제하고 나서 그 길로

이어진 쓸쓸한 길을 이야기한다. 본래는 눈부신 들(길)이 되었어야 했을 것 같은데, 이외로 그곳으로 향하는 길은 비탈길이다. 시 속에서는 쓸쓸한 길이자 비탈길을 지나면서 풍요와 행복의 '황금사과밭'이 나올 것처럼 말하기도 했지만, 결국에 그 길은 풍요한 길도 눈부신 삶도 아닌 사람들의 길이었다.

그 길에는 사과가 주렁주렁 열려 있었다. 그곳에서 열린 사과는 '빨간 등(불)'처럼 시인을 유혹했다. 멀리서 보면 밝고 아름답고 찬란해 보일 수도 있겠지만, 막상 하나하나의 등불은 오롯한 기쁨만으로는 설명하기 어려운 사연을 간직하고 있었다. 시인은 그 사연의 당사자들을 호명하는데, '엄마', '숙이', '외할아버지'가 그들이고, 곧 '학살당한' 사람들과 '버려진 조상님들'도 여기에 포함되었다. 비명에 스러져 간 희생자들과, 비운의 가족사를 등치하여, 자신과 주변인들의 생애를 한 어떤 초상들을 열거하는 셈이다.

그 초상들을 시인은 '빨간 등불'이라고 고쳐 말했는데, 이 순간 이 등불은 희망과 화려함의 등불이 아니라 애도와 비통함의 등불이 된다. 마치 장례식장에 알리는 주황색 등처럼 말이다. 언뜻 보면 따뜻해 보이지만 그 안에는 냉정함 역시 가득 담겨 있어, 이별과 외로움 사주하는 등불이 그것이다.

이 색이 주황색이라면(노란색이라고는 사람도 있다), 이러한 주황색 이미지는「백석을 못 읽어 드린 슬픔」에도 변주되고 있다.

> 엄마 생전에 왜 백석을 못 읽어드렸을까
> 『쓸쓸한 길』 백석의 시집에
> 엄마가 쓰시던 평안도 사투리로 가득하고
> 몹시 백석을 좋아하셨을 텐데…
>
> 지금 숲 속에 후회의 난로를 켜니
> 주황빛 불빛 속에서
> 엄마와의 아프고
> 그리운 추억이 어른거립니다
> 「백석을 못 읽어 드린 슬픔」 부분(3~4연)

시인은 숲과 쓸쓸함과 그리고 불빛을 엄마라는 단어 속에서 다시 꺼내고 있다. 더구나 두 시는 매우 유사한 이미지들로 구성되어 있다. 가령 「빨간 등불이 열릴 때」에서도 사용되었던 '숲', '쓸쓸(함)', 그리고 '아픔'을 '주황빛 불빛' 속에서 다시 배치하고, '엄마'라는 시어로 '후회'라는 감정까지 그 안에 녹여내었다. 이러한 시의 작법은 「백석을 못 읽어 드린 슬픔」과 「빨간 등불이 열릴 때」를 관통하는 근원적인 일관성 혹은 공유점을 보여준다고 하겠다.
이러한 일관성은 사과꽃의 붉음과, 난로의 주황으로 다소 변주되어 나타나기는 했지만, 빛이라는 사물의 기억을 공유하고 있다. 그리고 그 기억은 외적으로는 달라 보이는 두 개의 정황을 하나의 연상으로 잇는데 성공한다. 시의 본래 역할이 그러하듯, 두 시가 엮는 생의 내부에는, 신현림의 생도, 엄마의 생도, 심지어는 백석과 백석을 못 잊어하는 이들의 생도 함께 휩쓸려 들어갔고, 마치 '용광로'처럼 그 안에서 함께 이글거리며 융합되곤 했다. 많은 이들의 생을 함께 제련해 내는 기억의 용광로에는 '추억'과 '후회'가 함께 담기게 마련이고, 당연히 이러한 감정을 공유하는 이들 즉 '빨간 등마다' 달려 있는 '사라진 얼굴(들)'도 곁들여져 있다.

신현림의 시는 이러한 사라진 얼굴들을 이 시집 『사과꽃 당신이 올 때』에서 하나 나 호명하는 역할을 수행했다. 어떤 경우에는 한 사람을 여러 차례 반복해서 불러내기도 했으며, 한 사람을 중심으로 다른 사람의 기억을 뜯어 붙이기도 했다. 그러자 얼굴이 사라졌던 그들이 신현림의 시속에서 다시 현현할 수 있었으며, 마치 풍경을 밀어내고 사진의 핵심을 차지한 사과처럼 자신(들)의 자리를 찾아나갈 수 있었다. 평북 선천에서 도망치듯 남하한 어머니가 그러하고, 모진 고문과 무관심 속에서 비명을 달리한 외할아버지가 그러하고, 이 땅에서 여성이라는 이름으로 피해를 입은 여인들이 그러하고, 반지하(방)에서 살아야하는 시인 자신의 운명 또한 그러하다. 결국 그들은 공간을 통해 기억되고, 그 공간은 사과를 통해 환기되고 있기에, '사과'는 사람이 되고, 그 사람의 행적이 되고, 그 사람이 머물렀던 공간과 그 사람을 담고 있는 기억으로 돌아갈 수 있었다. 사과(꽃)는 '당신'이었고, '가족'이었고, '엄마'였으며, 그들을 추억하는 자신과 후회였던 것이다.

3. 안으로 타오르는 난로처럼

젊은 날의 신현림의 시는 도발적이고 또 자극적이었다. 세상을 장악한 남성들의 질서를 폭력으로 규정하고, 그러한 폭력에 대한 저항을 시의 의의로 내걸곤 했다. 자연스럽게 시적 표현이 대담해졌으며, 남들이 쉽게 하지 못하는 말도 거침없이 시로 만들어 낼 수 있었다. 그러면 그럴수록 시대는 그러한 시를 눈여겨보았고, 그러한 주목은 그녀의 시를 더 대담하게 만들었다. 이른바 90년대를 대표하는 용감한 시인이었고, 그녀의 앞에서는 적어도 여성 시인이라는 말도 함부로 꺼내기 어려운 사람이었다.

그 시대는, 그 시대 나름대로 신현림의 시를 필요로 하고 또 주목해야 할 이유가 있었을 것이다. 그럼에도 불구하고 도발적인 자세와 자극적인 표현만으로 그녀의 시적 세계가 이루어졌었다면 아마 지금 그녀의 시(인) 위상은 많이 달랐을 것이다. 직설적으로 말한다면, 그녀의 시에서 직설적인 표현과 생각 뒤에는 그녀의 그러한 시를 안온하게 감싸주는 보이지 않는 정서도 함께 존재했는데, 이러한 감정의 온기가 결국 그의 시를 중화시켰고 품격을 잃지 않도록 해주었다고 볼 수 있다. 거칠었지만 내밀한 속살은 따뜻했고 그러면서도 시대가 요구하는 모험과 발언을 아끼지 않았다고나 할까.

시집 『사과꽃 당신이 올 때』는 그동안 그녀의 시를 조용히 감싸고 있던 그 감정의 그늘을 보다 분명하게 노출하는 시들로 구성하고자 한 듯하다. 이러한 시들의 노출은 의도적인 것이라기보다는, 시상 전개가 능숙해지고 시 창작 경험이 늘어나면서 내향적이었던 소재와 주제가 점차 시 속에 유기적으로 흘러들어갈 수 있는 시적 성숙 때문일 것이다. 그래서 과거에는 시로 표현하지 않았던 영역까지 시로 표현할 수 있게 되면서도, 현실과의 불협화음을 크게 겪지 않고 시구들이 자연스럽게 만들어져 제 자리를 잡을 수 있었다.

이러한 자연스러움은 그녀의 시가 대화체를 닮아갔다는 사실에서도 연원한다. 젊은 신현림의 시도 대화체를 사용하지 않은 것은 아니었다. 다만 『사과꽃 당신이 올 때』에 이르러서는 대화의 적의가 반감되고, '당신'을 호감 있게 호명할 수 있게 되면서 기존 시에 흐르던 불필요한 긴장감을 줄일 수 있었다. 시적 원숙함이 시로 접근할 수 없었던 영역까지 '시적인 것'으로 탈바꿈시켰다고나 할까.

이 시집에서 시보다 그러한 시구들이 더욱 눈에 띄는 것은 이러한 성숙함이 보기 좋았기 때문일 것이다. 이제 신현림은 '당신'이라는 상대의 보이지 않은 모습을 힘주어 강조하지 않고도 문면에 그려낼 수 있게 되었다. '상대-그'를 소리로 구별하여 '못 박은 소리보다 튼튼한' 소리를 들을 수 있게 되었고(「사과꽃 피는 날」), 그를 향해 소리치던 외침 소리 대신 '깊이 깊이 당신 우체통 속으로 들어'갈 줄도 알게 되었다(「깊이 깊이 당신우체통」). 여전히 '나쁜 사내'를 질타하면서도 이제는 '소금처럼 하얗게' 싸워야 한다는 사실도 인정하게 되었으며(「소금 눈보라」), 좋든 싫든 이 세상의 만남이 '결국 지는 사과꽃처럼 흩어지고 헤어진다'는 사실 역시 인정하게 말았다(「사과밭에서 온 불빛」). 결국 좋은 사람이든 나쁜 사람이든, 처벌을 받아야 할 대상이든 물리쳐서 이겨내야 할 대상이든 간에, 이제 그녀는 사과처럼 열려있는 그들을 '변함없이 '불빛'으로 인정해야 하며, 어떠한 방식으로든 자신을 '흔들어 깨'우는 존재라는 점 역시 부인할 수 없게 되었다.

원했든 원하지 않았든 간에 그녀−시인에게 세상은 사과꽃처럼 다가왔다가, 또 그렇게 사라지는 존재였다. 결국 그녀 자신이 그토록 원했던 요염한 사과 혹은 아름다운 만남은 결국 사과꽃이 만발한 사과밭을 만드는 세상 속에서 비로소 가능하다는 진실도 인정하지 않을 도리가 없었다. 어떤 경우에는 사과꽃이 아름답지 않을 수도 있고 반갑지 않을 수도 있었을 것이다. 하지만 그래도 자신에게 다가오는 사과꽃을 외면할 수는 없었을 것이다. 그 모든 것을 시인은 끌어안는 존재가 시인이어야 했고, 그녀의 시는 그 과정을 거치지 않고는 제련될 수 없을 것이기 때문이다.

신현림이 말했던 '난로'가 또한 그러한 대상이다. 어둡고 쓸쓸한 숲을 헤매고 나온 이들에게 주황빛 온기를 뿜어내고 있는 난로는 손쉽게 외면할 수 없는 존재이다. 숲이 원망스럽고 참혹할수록 그 끝에서 만난 난로는 온기는 반가웠을 것이다. 신현림은 그 난로를 '후회의 난로'라고 했지만, 그 난로의 본질이 후회이든 그렇지 않은 간에, 세상 만물의 조화와 균형마저 무시할 수 있는 없을 것이다. 비록 나중에는 후회스러운 시간으로 남을 수 있을지언정, 우리는 그곳에 잠시라도 손을 쬐며 긴 시간 헤맸던 숲속에서의 지친 호흡을 가다듬어야 하고, 온기를 잃은 몸에 소중한 화기를 보충해 넣어야 하기 때문이다. 멀리 가는 자가 늘 그러하듯, 그곳에서 다시 떠나야 할 생을 준비하지 않을 도리가 없기 때문이다. 지나온 생을 정리하는 것은 그러한 준비의 일부이고, 또 표리가 어울리는 일종의 한 사물의 양쪽 면 같은 것일 게다. 그래서 그 난로는 후회의 난로이면서도 안온한 불길을 내면으로 가두면서 서서히 타오르는 '주황빛 불빛'의 온기가 될 수도 있었다.

사과가 등불이 되어 세상의 풍경을 가두고 또 밀어내면서 그 요염한 자태로 세상을 향해 도발했었다면, 그 사과의 불빛이 스스로 그 강렬했던 빛을 거두면서도 안으로는 온화하게 타오르는 난로로 전이되어야 했던 까닭이 여기에 있었을 것이다. 오래된 시가 그러하듯 겉은 뜨거워 보이지 않으면서도, 그 안에서 은은한 화력을 지닐 수 있는 것도 같은 이치일 것이다.

4. 함께 타올라야 할 자리에서

사과나무는,
화단이나 밭에 심어 기르는 낙엽 큰키나무로,
높이는 보통 5-10m이며, 15m까지 자란다.
어린가지는 부드러운 털이 있고 잎은 타원형 또는 난상 타원
형이다.
사과꽃은 4-5월에 흰색 또는 연분홍색으로 피고,
짧은 가지 끝에 5-7개가 산형으로 달리는데,
꽃잎은 5장, 타원형이다.
사과나무는 우리나라 전역에 식재하며, 그 열매는 식용한다.

사과 혹은 사과나무는 오래 전부터 신현림의 사진의 소재
로, 그녀 시의 변함 없는 원형 심상으로, 그리고 이 시집
『사과꽃 당신이 올 때』의 가상의 청취자이자 대화 상대로
모습을 바꾸어 등장했다. 하지만 위의 설명대로 사과(나
무)는 그 자체로 특이한 나무는 아니었다. 사과는 희귀한
과일도 아니고, 비싼 과일은 더욱 아니며, 그 나무 역시 외
래종이거나 희귀종이 아니다. 늘 우리 주변에 있었다고
해도 과언이 아니며, 비교적 전 세계에 식재된 흔하디흔
한 나무이자 과일이다.

하지만 어느 순간 우리는 사과가 더 이상 흔하지 않은 세
상 속으로 걸어 들어와, 그 어떤 것보다 소중할 수 있는 상
징이 되는 것을 목격하곤 한다. 그녀의 시적 표현을 빌리
면, '바람이 낸 길'을 찾아 떠나는 여행의 획득물일 수도
있고, '짓이겨진 사과꽃 같이 썩어 갔'던 지난날을 돌아보
며 그와 다른 세상을 꿈꾸어 얻은 결과일 수도 있겠다. 사

과꽃은 시인에게 '당신'처럼 소중한 존재가 되었고, 자신의 과거를 돌아보는 계기가 될 수 있었다. 그래서 시인은 '만물 한 몸'을 언급하면서, '나와 한 몸을 이루는 사과는 / 나와 한몸이 되는 내 집이니 / 나와 한 몸을 이루는 길은 길마다 / 언젠가 만날 나와 당신이거나 / 빛과 바람과 해가 나와 하나인 채로 / 서럽고 힘찬 기운을 내뿜는다'(「만물 한몸」)는 말까지 꺼낼 수 있었다.

시인의 태도를 두루 감안하면, 우리는 그녀의 '사과'가 비단 사과로 그치는 것이 아니라 '당신'이자 '엄마'이고 '세상의 기억'이고 '만남'이며 결국에는 '자기 자신이자 자신 다음에 올 '아이'까지 두루 포괄하는 존재라는 결론에 무리 없이 도달한다. 이제 사과가 아닌 것이 없고 사과가 도달하지 못하는 곳에 없게 된다. 그래서 사과는 더 이상 사과가 아닌 그 어떤 무엇도 될 수 있는 존재이며, 그래서 다른 각도에서 보면 아무 것도 아닌 존재일 수도 있다.

결국 제자리로 돌아온 셈이다. 신현림의 『사과꽃 당신이 올 때』에서 사과는 당신이지만, 그 당신은 너무 다양한 의미를 함축한 당신이고 또 그 어떤 당신도 될 수 있기 때문에, 결국 사과를 사과라고 부르는 순간, 더 이상 사과가 될 수 없는 노자의 역설로 떨어지고 만다. 자연스럽게 사과를 찾겠다는 시작점에서의 포부 또한 무산되는 것 같다.

비록 사과가 무엇인가에 대한 과학적이고 이성적이고 제한적인 언술은 불가능해졌지만, 그렇다고 무의미한 것은 아닐 것이다. 사과는 시인 신현림이 시를 쓰는 이유가 되거나 처음부터 그 이유 자체였다. 세상과 대결을 벌여야 했을 때에도 온화하고 따스한 자태로 그녀의 마음 한 편을 붙잡아 주었던 숨은 향기였고, 쓸쓸한 길을 돌아 이제는 사라져가는 사람들의 얼굴을 붙잡으려는 고통스러운 모험의 도정에서는 다시 마음을 추스르고 먼 길을 떠날 수 있도록 해주는 온기의 흔적이었으며, 시인과 세상 그리고 그 숱한 타인들을 묶어주고 연결하는 교통로이자 집 같은 존재였다. '나'를 '그'로 만들고 '나'를 '사과'로 만들고 '사과'를 '타인'과 동격으로 볼 수 있는 이유이기도 했다. 시인은 어쩌면 그 사과(꽃)을 이제는 직접 보여주고 싶었는지도 모른다. 그래서 그 사과(꽃)을 당신이라고 직접 호명했고, 더 가까이 놓고 자신과 함께 영상으로 포착하고 싶었는지도 모른다. 그러자 사과가 자신의 잃어버린 마음이어도 상관없고 타인과 나눌 수 있는 온기여도 큰 무리가 없어졌다. 물론 시 그 자체여도 모순이 없다. 사과는 그 모든 것일 수 있으니, 그곳에 빨간 등불만 달아 놓을 수 있다면, 언제든 그리운 얼굴을 볼 수 있을 테니 말이다.

시인의 자료

시인의 자료

4남매. 동환, 현희, 현림, 현주
시인의 어머니 김정숙, 아버지
신하철 민추협사회국장시절

대학 4년 때   27세때   19세때

3대의 이태리여행

아시아문학페스티발식장

32세때 문인들과(윤대녕,박상우소설가 사이)

From 경주남산-#사과여행 5 촬영중에

『세기말 블루스』로 대중에게 알려진 기사들과 인터뷰

인생은 어디서나
　　사랑 주고 가슴에
　　　사랑을 담는 여행이었다
　　　　그 사랑은 매일 떠오른 해가 증거한다

강연과 전시장에서 독자와 관객과의 대화

고맙습니다
함께 만드는
세상 한 컵

사과꽃 현대시 읽기를 펴내며

좋은 시는 우리가 잃어버리기 쉬운 휴머니즘과 여린 감수성, 그리고 최후의 도덕성을 지킬 양심과 죄의식까지 비쳐낼 거울이다. 세속화에 대항하여 시대정신을 정직하게 품고, 어떤 자본의 논리도 뛰어넘는다. 그래서 시 쓰기의 순정과 초심 속에 미학적인 완성도를 높인 시만이 남는다. 이 진실을 가슴에 새기고 <사과꽃 현대시 다시 읽기>는 정성 다한 시집들을 선보일 것이다. 세계 현대시와 그 속의 단단한 한국시로 성장하기 위하여 최선을 다할 것이다.

● 사과꽃 시선을 펴내며

(근간)
초현실주의세계 시선
세계페미니즘 시선
세계사랑시 시선
세계청소년 시선

■ 한국 대표시 다시 찾기 101

첫 치마	님의 침묵	쓸쓸한 길	모든 죽어가는 것을 사랑해야지	거리 밖의 거리
김소월	한용운	백석	윤동주	이상
이육사	김영랑	목마와 숙녀 박인환	정선 아리랑	애인의 선물 김명순

▲ 사과꽃 시 에세이 선집

(근간)
나혜석, 김기림, 오장환

(근간)
아무것도 하기 싫은 날
엄마 계실때 함께할 것들

사과꽃 당신이 올 때

1판 4쇄 인쇄	2019년 4월 2일
1판 4쇄 발행	2019년 4월 7일
지은이	신현림
펴낸이	신현림
펴낸곳	도서출판 사과꽃
	서울 종로구 옥인길74 (3-31)
이메일	abrosa7@naver.com
facebook	@7abrosa
instagram	hyunrim_poetphotographer
전화	010-9900-4359(010-7758-4359)
등록번호	101-91-32569
등록일	2012년 8월 27일
편집진행	사과꽃
표지 디자인	정재완
내지 디자인	강지우
인쇄	신도인쇄사
ISBN	979-11-88956-09-8(03800)
CIP	2019003598

값 9,900원